ISBN 3-7302-1670-8

1. Auflage

http://www.buchverlagjw.com
http://www.derkleinekoenig.de
Typogestaltung: Gerhard Bunke
Druck und Verarbeitung: sachsendruck, Plauen

Hedwig Munck

Der kleine König

sagt „Gute Nacht“

Buchverlag Junge Welt

DiE SCHATZSUCHE

Seit fünf Tagen ist die kleine Prinzessin zu Besuch beim kleinen König. Es war ihnen in dieser Zeit keine einzige Minute langweilig. Aber heute sitzen die beiden auf der Schlosstreppe und sehen nicht besonders fröhlich aus. Alle Spiele sind gespielt, alle Türme besichtigt, alle süßen Naschvorräte aus der Speisekammer aufgegessen und der Abschied steht bevor. „Sollen wir an meinem letzten Tag nur hier herumtrödeln?", fragt die kleine Prinzessin ungeduldig. „Najaa", windet sich der kleine König.

„Ich wüsste schon noch etwas, was wir tun könnten." „Ja? Erzähl doch mal", fordert ihn die kleine Prinzessin neugierig auf.

„Also gut." Der kleine König geht ins Arbeitszimmer, holt aus der Schreibtischschublade ein goldenes Kästchen heraus und schließt es auf.

„Ich habe eine uralte Schatzkarte", flüstert er dabei geheimnisvoll.

„Oh, prima!" Die kleine Prinzessin klatscht begeistert in die Hände und dann studieren sie gemeinsam den Plan. „Hier ist das Schloss", sagt der kleine König und zeigt mit dem Finger auf den unteren Teil der Karte. „Und von da aus geht's zu diesem Baum, komm mit!", bestimmt die kleine Prinzessin.

Beide laufen nach draußen. „Oh weh, so viele Bäume! Welcher ist bloß der richtige?" „Er sieht wie ein Schäfchen aus." – „Da steht er." Die beiden Königskinder laufen zu dem Baum mit der merkwürdigen Krone.

„Und wie geht's jetzt weiter?" – „Da ist ein Auge neben dem Baum eingezeichnet", murmelt der kleine König. Die kleine Prinzessin entdeckt ein Astloch und schaut hindurch. „Ich sehe ein kleines Hügelchen." Der kleine König freut sich. „Au ja, das ist auch auf meiner Schatzkarte!"

Je näher die kleine Prinzessin und der kleine König dem Ziel kommen, desto aufgeregter werden sie. „Zuerst brauchen wir aber noch fünf Schuhe", gibt der kleine König zu bedenken. „Wieso denn?"

„So steht es in meinem Plan." Die kleine Prinzessin hat schon eine Idee: Fünf Schuhe sind fünf Schritte nach links. „Da muss er sein! Hurra!" Die beiden Schatzsucher fassen sich an den Händen und hüpfen begeistert im Kreis herum. „Jupidupidatz – wir haben einen Schatz", singen sie ausgelassen. Atemlos setzt sich die kleine Prinzessin auf den Boden und sagt: „Los, mach schon!" – „Was denn?", fragt der kleine König. „Na, ausgraben! Fang an!"

Der kleine König schaut die kleine Prinzessin mit großen Augen an. „Ich hab doch gar keine Schaufel bei mir – und ich hab ja schon die Schatzkarte gefunden. Du musst graben."

„Eine Prinzessin kann doch nicht buddeln. Sei ein Kavalier und mach das mal schön für deinen Besuch, ja?" Die kleine Prinzessin blinkert den kleinen König an und sagt: „Holst du dir eine Schaufel?"

„Nein, viel besser. Grete, Wuff, Tiger – kommt doch alle mal her! Wir haben einen Schatz gefunden! Helft mal mit!"

Wiehernd und bellend und mauzend kommen die Freunde angelaufen. Aber Wuff braucht keine Hilfe, er macht das ganz alleine und Spaß macht es ihm außerdem. In Windeseile hat er in der weichen Sanderde ein Loch gebuddelt. Der kleine König, die kleine Prinzessin, Grete und die andern stehen ein wenig abseits, damit sie nicht mit Erde beworfen werden. Jetzt ist Wuff schon nicht mehr zu sehen.

„Der Schatz liegt ganz schön tief", stellt die kleine Prinzessin fest.

„Ja, merkwürdig. Hör mal auf, Wuffi, da stimmt was nicht!" Der kleine König schaut in das leere Loch und hilft Wuffi beim Herausklettern.

„Also, ich versteh das nicht. Wieso liegt hier kein Schatz, wo ich die Schatzkarte doch selber persönlich gemalt habe?"

„Wieher!", schimpft Grete. „Waffwaffwaff", empört sich Wuff. Und die kleine Prinzessin schubst den kleinen König sogar. „Wie bitte? Eine selbstgebastelte Schatzkarte? Na, da können wir ja lange suchen!" Sie verschränkt beleidigt die Arme und streckt die Nase in die Luft. Der kleine König studiert noch einmal den Plan.

„Nochmal nachsehen – zuerst waren wir hier, und dann ... Oh, ich weiß! Beim Hügel sind wir in die falsche Richtung gelaufen. Nicht nach links, sondern nach rechts. Kommt mit, wir versuchen es nochmal."

Der kleine König läuft voraus und die andern trotten langsam hinter ihm her. „Diesmal ist es sicher richtig. Los, wo bleibt ihr denn? Kommt und helft mir!"

„Wooooouuuu", heult Wuff. Er hat schon gebuddelt. Grete tut so, als würde sie humpeln. Und die kleine Prinzessin sagt nur: „Ph." – „Helft mir mal, ich geb euch von meinem Schatz auch was ab!" – „Nö", sagt die kleine Prinzessin und schüttelt den Kopf.

„Schön, mach ich's eben selber und behalte alles für mich!" Der kleine König fängt an zu graben und schon nach wenigen Augenblicken ruft er: „Oh! Da ist etwas Hartes!"

Seine Freunde spitzen die Ohren, kommen aber noch nicht näher. Der kleine König gräbt weiter. „Da ist eine Kiste, na bitte! Ich hab's ja gewusst! Mein Schatz, da ist er ja, jipiii."

Unter großer Anstrengung zieht der kleine König die schwere Kiste aus der Erde heraus. Und immer noch hilft ihm keiner, denn alle sind viel zu überrascht. Der kleine König wischt die Erdkrümel von der alten Truhe und öffnet sie. „Nicht zu glauben", ruft er begeistert.

„Wiihoooo", wundert sich Grete. Und die kleine Prinzessin staunt. „Du hast einen richtigen Schatz gefunden? Das gibt's nicht! Schließlich war das doch gar keine richtige Karte! Oder etwa doch?"

Der kleine König schaut über den Deckelrand der Truhe zu seinen Freuden, die immer

noch keinen Blick in seine Kiste geworfen haben. „Na, sicher war sie richtig! Ihr glaubt doch wohl nicht, dass ich mir eine Schatzkarte mache ohne einen richtigen Schatz!"

Seine Freunde starren ihn mit offenem Mund und offenen Mäulchen an.

„Den Schatz hab ich natürlich nicht vergessen. Mhmm, und was da für herrliche Sachen in der Kiste sind, köstlich! Feine Knochen, gute Möhren und Hafer. Kirschen und Kuchen. Oh, und sogar ein Ball zum Spielen! Schade, dass ihr nichts davon haben wollt."

Verlegen stehen alle herum. „Sollte das etwa eine Abschiedsüberraschung sein?", fragt die kleine Prinzessin leise.

„Na ja, vielleicht", antwortet der kleine König. Neugierig kommt sie näher und schaut in die Kiste. „Typisch. Zuerst vergisst du die Schaufel und jetzt fehlen Messer und Gabel."

„Das Wichtigste hab ich aber nie vergessen. Was braucht man bei der Schatzsuche? Eine Karte und einen Schatz. Und was braucht man beim Schatz aufessen? Nur eins: Freunde, die mitessen, hihi."

Und eine Picknicktischdecke hat der kleine König auch in der Kiste. So wurde es noch ein wunderbares Abschiedsessen für die kleine Prinzessin. Und sie wusste schon, was sie ihm bei ihrem nächsten Besuch schenken würde: eine Schaufel. Nur so für alle Fälle.

ALLES IN ORDNUNG

Ein neuer Tag beginnt und der kleine König hüpft ausgeruht in Richtung Badezimmer. Aber kurz vor der Badezimmertür überlegt er es sich anders. „Nö, ich geh heut nicht ins Bad."

Willst du dir denn nicht die Zähne putzen?

Der kleine König sieht an die Decke und wehrt ab. „Geht ja nicht. Ich kann die dumme Zahnbürste nicht mehr finden. Puff, einfach weg! Genau wie mein gelber Schuh." Verlegen schaut er auf seine Füße, die heute in ungleichen Schuhen stecken.

Dinge können nicht einfach so verschwinden. Liegt das vielleicht an deiner Unordnung?

Jetzt ist der kleine König aber beleidigt. „Ha!", ruft er. „ Es ist ja genau andersrum. Ich habe nämlich aufgeräumt! Schon seit zwei Tagen mache ich nichts anderes." Der kleine König läuft zum Wandschrank. „Hier, bitte ..." Schwungvoll reißt er die beiden Flügeltüren auf und zeigt auf die vollgestopften Fächer. „... das war anstrengende Schwerstarbeit, ja. Deshalb brauch ich jetzt auch sofort ein kräftiges Frühstück."

Voller Vorfreude hüpft der kleine König in die Küche und öffnet den Kühlschrank. „Nanu, wo ist die Milch? Schon alle?" Er denkt nach. „Hm." Und schon fällt es ihm ein: „Ach nein, ich weiß. Die Milch hab ich ja auch aufgeräumt. Hier, auf der Heizung. Mhm, lecker."

Er stellt ein Schälchen auf die Küchentheke und füllt es mit Haferflocken. Ein bisschen Zucker dazu und jetzt noch die Milch draufgießen. Er kippt die Flasche.

„Wieso fließt jetzt nix?", wundert sich der kleine König.

Die Milch ist sauer. Die Heizung war kein guter Platz.

„Und jetzt?"

Jetzt musst du eben neue kaufen; nimm die Einkaufstasche und los geht´s.

„Tasche, Tasche – wo hab ich die denn – ach, ich weiß." Geschäftig flitzt der kleine König ins Kinderzimmer. Er steht vor der Spielzeugkiste und wühlt, er zieht den Hubschrauber heraus, den Ball, das Schiff, die Kasperpuppe und ruft schließlich: „Na bitte! Da ist sie ja schon."

Stolz hält er die gefundene Einkaufstasche in die Luft.

Nanu! Die lag ja unten in der Spielkiste.

„Ja. Ist das nicht prima? Ich weiß sogar, wo der Geldbeutel liegt ... hier im Schuhschrank. Jetzt aber los. Schnell einkaufen." Fröhlich pfeifend zieht der kleine König mit Geldbeutel und Einkaufstasche los. „Was brauch ich alles?", überlegt er.

Milch und eine Zahnbürste.

„Nee. Bürste brauch ich nicht. Die Zahnpasta ist ja auch weg."

Dann kauf auch das.

Eine halbe Stunde später ist er schon wieder auf dem Heimweg. „Ich bin schon wieder dahaa, ich hab unterwegs gefrühstückt. Jetzt geh ich spielen."

Räumst du den Einkauf noch eben ein?

Der kleine König trägt seine Sachen zum grünen Flurschrank. „So, alles rein damit ...", murmelt er und legt die neue Zahnbürste ins Regalfach. Dort liegt schon eine andere. „Oh! Was ich da alles finde! Die vermisste Zahnbürste ..." Der kleine König nimmt in jede Hand eine Bürste und ruft: „Jetzt kann ich oben und unten gleichzeitig bürsten." Aber er findet noch mehr. „Und guck mal, mein gelber Schuh ist auch wieder da."

Der kleine König holt den passenden Schuh aus dem Schrank und schlüpft sofort hinein. „Das fühlt sich gut an", freut er sich.

Na, jetzt ist alles klar. Hör mal, kleiner König: Es ist schön, dass du allein aufgeräumt hast. Aber weißt du, keiner findet seine Sachen wieder, wenn er sie irgendwo hinlegt. Nur, wenn alles seinen festen und sinnvollen Platz bekommt, kann man es finden ohne nachzudenken. Jetzt musst du doch nach allem suchen!

„Aha", sagt der kleine König und kratzt sich am Ohr.

Wo stellst du deine Schuhe also das nächste Mal hin?

„In den Kühlschrank."

WAAAS?

„Hihihi, das war nur Spaß. In den Schuhschrank."

Und die Zahnbürste?

„Ins Bad."

Ins Zahnputzglas. Wohin kommt die Einkaufstasche?

„Tut tuuuuut", macht der kleine König und schiebt die Tasche wie auf dem Rangierbahnhof vorwärts. „Ssss-ch, ssss-ch, sssch-ch ... die fährt zur Garderobe. Tüt-tüüüüt."

Und dann fährt der königliche Zug noch die Milch zum Kühlschrank.

Gut, kleiner König. Wir machen das jetzt mal zusammen. Damit ich dir so richtig zeigen kann, wie ...

„Nein", unterbricht ihn der kleine König. „Ich weiß jetzt, wie es geht. Ich mache es ganz allein. Bis später."

Lange Zeit ist der kleine König sehr beschäftigt, aber endlich, am frühen Abend hat er es geschafft. Hochzufrieden mit sich sitzt er am Schreibtisch und grinst wie ein sattes Meerschweinchen. „Fertig. Alles ist aufgeräumt. Und ich weiß genau, wo meine Sachen liegen. Frag mich was!"

Na ja, schön. Ich werde das nachprüfen. Hol doch mal, hm, den Bleistift.

„Den grünen oder den roten?"

Grün!

„Kommt sofort", ruft der kleine König. Er zieht die Schreibtischschublade auf, kramt ein wenig herum und schon hält er den grünen Stift triumphierend in die Luft. „Hier, bitte!"

Sehr gut, kleiner König. Das hätte ich nicht gedacht.

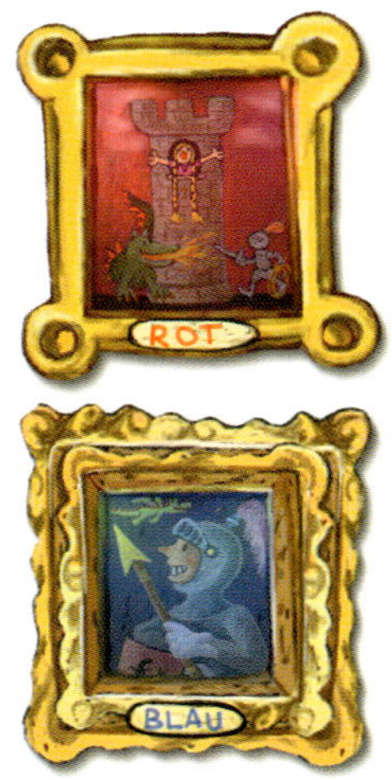

„Ja. Und die Milch ist im Kühlschrank", freut sich der kleine König.

Toll! Und die Zahnbürste ...

„... ist im Wäschekorb."

WIE?

„Ja! Weil doch jetzt alles zusammen liegt, was zusammenpasst. Das hast du doch vorhin selbst gesagt! Schau mal, hier im Schreibtisch" – der kleine König zieht die Schublade ganz weit heraus – „da liegen jetzt Kopfsalat, Badehose und Essiggurken ..."

Ach?

„Ja", erklärt der kleine König geduldig weiter. „Denn alles, was GRÜN ist, ist hier drin, ja? Wo sind also die grünen Murmeln?

Auch ... im Schreibtisch?

"Genau! Und alles WEISSE ist im Kühlschrank. Guck selber – hier sind Milch, Zucker, Klopapierrollen, weiße T-Shirts und Schreibpapier, alles weiß ..."

Stolz steht der kleine König vor dem Kühlschrank und zeigt auf die vielen weißen Sachen. Dann rast er ins Badezimmer und hebt den Deckel des Wäschekorbes hoch und erklärt: „ROTES hab ich hier im Wäschekorb, schau, die neue Zahnbürste ist auch da drin! Aber nicht die Pasta, die ist natürlich bei den weißen Sachen im Kühlschrank ..."

Na-natürlich.

Und dann geht der kleine König noch ins Kinderzimmer.

„Blaues liegt ab jetzt in der Spielkiste." Tatsächlich, da drin liegen seine blauen Winterstiefel, das blaue Handtuch, eine Flasche Blaubeersaft, der blaue Radiergummi und noch vieles andere.

„Gut, nicht? Ja, die Sucherei hat ein Ende. Denn alles hat seinen Platz ...", lobt sich der kleine König und sein letzter Weg führt ihn noch zum Wandschrank. Wieder reißt er die Türen auf – und das Innere ist immer noch prall gefüllt.

„... sogar das Bunte! Hier, bitte. Na, hab ich das ganze Durcheinander nicht schön ordentlich gemacht?"

Ja. Du hast das Ganze ordentlich durcheinander gebracht.

„Na, dann ist ja alles in schönster Ordnung, hihihi."

DER GRÖSSTE

Die warmen Sonnenstrahlen haben die Wäsche schon getrocknet und nun kann der kleine König sein liebstes Hemd und die Lieblingshose von der Leine holen. „Mja – und gleich anziehen!“, ruft er und versteckt sich hinter dem großen rot-blauen Tischtuch, das munter im Wind flattert. „Na so was! Das passt mir ja gar nicht mehr!“

Tatsächlich. Sein Hemd und seine Hose sitzen wie ein Bikini an ihm.

„Judupidu – alles ist zu klein, viel zu klein, jipi dupidei“, ruft er und hüpft fröhlich kichernd im Kreis herum.

Was ist denn daran so lustig, kleiner König?

„Ja, verstehst du denn nicht? Ich bin gewachsen! Ich bin jetzt groß! Hm, vielleicht sollte ich mich ab jetzt lieber ‚großer König‘ nennen?“

Tja, weißt du, kleiner König ...

„Hahaa, schon falsch! Großer König!“

Aber du bist noch genauso groß wie gestern! Nur deine Kleider sind geschrumpft.

Empört stemmt der kleine König die Hände in die nackten Hüften. „Ach, du glaubst mir nicht? Warte mal, ich zeig's dir. Kein Problem für den großen König.“

Er läuft davon und sucht seine Freunde. Da hüpft auch schon Buschel vom Baum herunter. Der kleine König winkt ihm aufgeregt zu: „Hallo, Buschel, komm doch mal bitte ganz nah zu mir. Danke, so ist's gut. Na, bin ich nicht riesig?“

Buschel nickt eifrig. Der kleine König ist wirklich sehr groß, viel größer als das Eichhörnchen. „Siehst du, Buschel findet mich sehr groß!“

Ja schon, kleiner König. Aber Buschel war schon immer viel kleiner als du.

Der kleine König seufzt. Aber er gibt nicht auf. „Schön, dann such ich mir jemand, der mal größer war, als ich.“ Sein Lieblingspferd Grete liegt im weichen Gras und döst. „Hallo, Grete, lass dich nicht stören. Ich will nur mal was messen.“ Und wirklich. Gretes Kopf reicht ihm nur bis ans Kinn. Der kleine König ist ganz außer sich. „Wow, nicht zu glauben. Grete geht mir nur bis hier. Ha! Jetzt musst du's zugeben.“

Grete hört den kleinen König und wacht auf. „Wieher“, ruft sie und stellt sich auf die langen Beine. Jetzt überragt sie ihren Freund um das Doppelte. Aber der läuft schon zum großen Hügel,

um von ganz oben noch größer auszusehen.

Oben angekommen, lehnt er sich an den alten Baumstamm um zu verschnaufen. An einem tiefhängenden Ast baumelt eine Frucht. Der kleine König streckt sich um sie abzurupfen.

„Ich brauch jetzt auch keine Leiter mehr, wenn ich mir Obst vom Baum pflücke. Guck mal, dieser Apfel liegt wie eine Murmel in meiner riiiiesigen Greifhand."

Es ist eine Pflaume, kleiner König.

„So? Aber eine sehr, sehr große, uaaah."

Er gähnt.

Kleiner König, die Sonne geht schon unter. Zeit, schlafen zu gehen.

„Wir großen Könige gehen spät ins Bett, das war schon immer so", widerspricht der kleine König und gähnt gleich nochmal. Er setzt sich ins Gras, weil er sich ein wenig ausruhen möchte. Dem Sonnenuntergang mit seinem wunderbaren Farbenspiel schenkt er dabei keinen Blick. Er beobachtet nur ganz gebannt seinen Schatten. Der ist wirklich sehr lang. Und er wird länger und länger. Der kleine König zeigt mit dem Finger darauf und ruft: „Ah – guck da! Mein Schatten! Ich wachse immer weiter. Liebe Güte, so riesig passe ich gar nicht mehr in mein Schloss!" Der kleine König findet das zuerst sehr lustig,

aber dann lacht er nicht mehr. „Aber, oje. Dann muss ich ja draußen schlafen. Und meine Freunde sind winzig und – und Grete ist für mich schon so klein wie eine Maus und kann dann auf mir reiten und ojeee und weh ..."

Der kleine König jammert laut vor sich hin. Grete hat ihn gehört und kommt auf ihn zugelaufen. Sie packt ihn am Höschen und hebt ihn hoch in die Luft.

„Oh, Grete! Gut, dass du da bist! Stell dir vor, ich bin ein Riese und es ist alles ganz schrecklich und wenn ich so weiterwachse, platzt die ganze Welt auseinander", sprudelt er aufgeregt hervor.

Kleiner König ...

„Ja?"

Schau dir doch mal Gretes Schatten an.

Der kleine König hängt immer noch wie ein Katzenbaby in Gretes Maul. „Nanu, Gretes Schatten ist ja noch größer geworden als meiner."

„Uuaah – oh, du arme Grete, du

bist auch gewachsen, genau so wie ich! Aber wenigstens bin ich dann nicht alleine!"

Schau dich noch mal weiter um ...

„Das ist aber merkwürdig; alle Schatten sind ganz lang geworden – beim Baum, bei den Büschen, überall."

Kleiner König, abends hat jeder einen langen Schatten. Die Büsche und Bäume, Menschen und Tiere sind aber nicht größer geworden.

„Nein? Ja, dann – dann bin ich gar kein Riese und Grete auch nicht?

Nein.

„Aber meine Kleider ..."

Die hast du in der Waschmaschine ...

„... zu heiß gewaschen und deshalb sind sie eingelaufen und zu klein geworden." Der kleine König kichert, als er an sich herabschaut. „Na, ich seh ja vielleicht doof aus."

Er steigt auf Gretes Rücken und beide reiten zum Schloss zurück. Unterwegs sammeln sie noch die restliche Wäsche von der Leine. Im Schloss verschwindet der kleine König sofort im Schlafzimmer. „Endlich raus aus dem engen Zeugs." Er zieht sich um, räumt die frische Wäsche ein und ruft: „Huch, oje. Es ist etwas Schreckliches passiert, Grete! Ich bin geschrumpft! Wenn das so weiter geht, bin ich bald nur noch ein winziger König, ojee."

Der kleine König kommt ganz klein und in übergroßen Sachen auf sie zu. Grete wiehert entsetzt. Da wirft der winzige König den Tischtuch-Umhang ab, in den er sich eingewickelt hatte. Er hockt auf den Knien und kichert.

„Hahaaa! Reingelegt! Ich bin nicht zu groß und nicht zu klein, sondern genau richtig. Richtig hungrig. Greif zu, Grete, damit wir groß und stark werden, hihi."

SCHNEETIERE

Draußen ist alles weiß, denn es hat in den letzten Tagen noch einmal ununterbrochen geschneit. Überglücklich rast der kleine König hinaus in den Schnee und nach einiger Zeit liegen überall dicke Schneekugeln herum.

Baust du einen Schneemann, kleiner König?

„Ja, das mach ich. So, und noch eine Kugel – schön rund müssen sie sein."

Eigentlich brauchst du für einen Schneemann nur drei Kugeln.

„Nahein, ich brauch auf jeden Fall mehr. Schnee rumkugeln macht mir nämlich Spaß."

Der kleine König schiebt jetzt drei Kugeln in einer Reihe zusammen, setzt eine vierte obendrauf und bastelt ein

Gesicht mit Stöckchen und Kohlestücken. „Pieks und papps – so, fertig."

Es ist ein Schneetier geworden. Hübsch sieht das aus, kleiner König!

„Aber es fühlt sich ein bisschen alleine ..."

Er wirft einen Blick auf die vielen Kugeln, die noch herumliegen.

„Ich bau ihm einen guten Freund."

So geht es immer weiter. Er rollt und baut und schon bald steht eine weiße Herde im königlichen Vorgarten. Zwischen den riesigen Phantasietieren sieht der kleine König richtig winzig aus.

Kleiner König! Du bist ja ganz außer Puste, mach doch mal Pause.

„Eins no-noch. Ein ganz K-K-Kleines ..."

Schon formt er mit den Händen ein Figürchen. Es ähnelt einem kleinen Küken.

„Wie süß du bist, mein Beebi-Schneeli. Du gehörst jetzt auch zu meiner Herde. Schön, nicht-ta-ta-ta?", bibbert der kleine König und hält stolz sein Tierchen hoch.

Wunderschön. Aber jetzt ab ins Schloss, kleiner König. Du bist schon ganz durchgefroren.

„Das geht nicht. Ich muss doch erst einen Zaun bauen – damit keines von meinen Schneetieren wegläuft ..."

Das machst du morgen, kleiner König.

Der kleine König seufzt. „Na gut. Aber das Klitzekleine nehm ich mit. Oh, du sollst es auch schön warm haben, kleines Beebi-Schneeli ..."

Mit ausgestreckten Armen trägt der kleine König sein kaltes Tierchen ins Schloss. Im Salon öffnet er den Schrank und bettet sein Mitbringsel liebevoll in ein rosa Taschentuch.

„Und da drin bleibst du schön bis morgen früh."

Er will gehen, verschließt dann aber doch lieber die Schranktür.

Kleiner König, für Beebi-Schneeli ist´s im Schrank zu warm ...

„Mal ist's zu kalt und mal zu warm", schimpft der kleine König. „Du hast uns doch ins Schloss geschickt!"

Außerdem findet er es überhaupt nicht zu warm. Nein, genau richtig ist es und sehr gemütlich. Er läuft zum Fenster. Da draußen stehen sie alle. Sie leuchten sogar ein wenig im Dunkeln. „Und gleich morgen früh bau ich einen Zaun für euch, ja, das mach ich. Gute Nacht, liebe Herde, bis morgen."

Und dann kuschelt sich der kleine König ins Bett und sofort fallen ihm die Augen zu. Er schläft tief und fest, bis ihn die späte Morgensonne wachkitzelt. Kaum aufgewacht, denkt er sofort an seine Schneetiere. Er läuft zum Fenster und will sie gleich begrüßen.

„Meine Herde und mein Beebi-Schneeli, guten Morgen zusaaaaaaah..."

Der kleine König hält sich entsetzt die Hände vors Gesicht. Er hofft, dass er noch träumt. Denn da draußen ist kein einziges Schneetier mehr zu sehen. Auch vom Schnee ist nicht viel übrig, der Garten sieht schon halbwegs grün aus. Der kleine König reißt das Fenster auf, beugt sich hinaus und ruft besorgt: „He, wo seid ihr? Hallo? Oh Schreck! Sie sind weggelaufen. Die ganze Herde! Grrrrr, weil ich keinen Zaun bauen durfte! Das ist alles deine Schuld! Sie sind weg, alle ...", schluchzt der kleine König.

Aber da fällt ihm noch etwas ein. Etwas sehr Tröstliches. Es sind nämlich doch nicht alle weg.

„Ich hab ja noch mein Beebi-Schneeli im Schrank, hihi." Wie gut, dass er das wenigsten nicht draußen gelassen hat. Der kleine König öffnet vorsichtig die Schranktür und schaut hinein. Er macht die Tür noch weiter auf. Er sucht oben und unten in allen Fächern. Aber er kann Beebi-Schneeli nicht finden. Und um das Taschentuch herum ist alles nass.

„Nanu? Leer! Nur eine Pfütze? So eine Unverschämtheit! Erst hat's hingepinkelt und dann ist es abgehauen mit den andern, einfach über Nacht!", ruft der kleine König empört und setzt sich vor den Schrank. Er findet das überhaupt nicht lustig. Sondern sehr traurig. Die Pfütze im Schrankfach tropft trommelnd auf den Boden. Plip, plip, plipplip, plip. Fast klingt es, als würde er ausgelacht.

Weißt du, kleiner König, Schneetiere kann man nicht einsperren. Wenn der Schnee schmilzt, verschwinden auch die Schneefiguren. Sie laufen dem Schnee hinterher, um sich mit anderen Schneefiguren zu treffen. Aber beim nächsten Mal, wenn's wieder schneit ...

„Na ja, schon schon", bremst der kleine König, „aber eigentlich war's ja meine Herde. Und ich finde es nicht sehr nett ..."

Er rennt zum Fenster und ruft hinaus: „Hört ihr? Ich finde es gar nicht nett! Ihr seid doofe Tiere! Und ich bin stinksauer auf euch ..."

Auf sein lautes Rufen bekommt der kleine König umgehend Antwort. Es bellt, wiehert und maunzt, keckert und zwitschert. Grete kommt angetrabt und mit ihr Tiger, Wuff und Buschel auch. Was ist denn nur mit dem

kleinen König los? Warum schimpft der so mit ihnen? Sie haben ihm doch gar nichts getan. Der kleine König schaut in die entsetzten Gesichter seiner Freunde und muss lachen.

„Euch hab ich doch gar nicht gemeint, sondern die Schneetiere."

Er klettert zum Fenster hinaus um die ganze Geschichte zu erzählen. „Die sind nämlich einfach abgehauen."
Die ganze Schar ruft aufgeregt durcheinander und der kleine

König hüpft mit ihnen davon um zu spielen. Man kann sie noch einige Zeit hören, aber dann wird es ganz still.

Kleiner König, wo seid ihr?

„Hier hinten bin ich", ruft der kleine König fröhlich. „Guck mal, ich habe wieder neue Schneetiere."

Stolz präsentiert der kleine König ein Schneepferd, einen Schneehund, eine Schneekatze und ein Schneehörnchen. Die sehen wirklich echt aus.

„Und weißt du was? Diese Schneetiere mag ich noch viel viel mehr, als die andern."

Das glaub ich dir, kleiner König.

Plötzlich schütteln die weißen Tiere ihre kalte Hülle ab – und darunter stecken natürlich die Freunde des kleinen Königs. Er hatte sie nur zum Spaß mit Schnee bedeckt.

„Und wenn der Schnee weg ist, macht das gar nichts. Diese Tiere laufen dem Schnee nämlich nicht hinterher.

Sie bleiben bei mir, stimmt's Grete?"

„Wieherjaaaa—pffrrr".

Natürlich hat der kleine König Recht.

Grete, Wuff, Tiger, Buschel und Pieps kommen angelaufen und umarmen ihn alle gleichzeitig.

„Siehst du? Es sind nämlich Sommer- und Winterfreunde. Hihihi."

HEILIG ABEND

Aufwachen, kleiner König. Verschlafen reibt sich der kleine König die Augen und setzt sich auf. Dabei stößt er mit der Nase an ein Taschentuch. Mit einem Knoten drin baumelt es an einem Faden direkt über seinem Bett. „Ach ja, das Taschentuch! Was wollte ich denn nicht vergessen?"

Du wolltest doch die Tür öffnen, kleiner König!

Der kleine König schlurft zur Schlafzimmertür. „Gut so?", fragt er und öffnet sie.

Nein, doch nicht irgendeine Tür. Eine ganz besondere, letzte! Denk nach, kleiner König!

„Ich weiß!" Er rennt in die Bibliothek und bleibt vor einem Wandbild stehen.

Na endlich hast du's, hier bist du richtig.

Der kleine König öffnet das letzte Türchen vom Adventskalender. Das mit der 24.

Begeistert klatscht er in die Hände. Und ist überhaupt nicht mehr müde. „Oh, wie wunderbar. Dann feiere ich heute Heilig Abend. Ob der Baum schon geschmückt ist? Mal nachsehen." Er hüpft unternehmungslustig zur Wohnzimmertür. Er rüttelt an der Klinke. Sie ist zugesperrt.

Der kleine König schaut durchs Schlüsselloch.

Nicht spionieren, kleiner König. Diese Tür geht erst auf, wenn das Glöckchen klingelt.

„Da muss ich ja noch ganz lange warten! Viel zu lange." Der kleine König macht kehrt und läuft schnurstracks zur Eingangstür.

He, wo willst du hin? Du bist doch noch im Schlafanzug!

„Na schön.

Zuerst anziehen."
Schon nach ein paar Minuten ist er draußen. Er wedelt wild mit den Armen. „Da sind Schlittenspuren. Ha! Ich hab ihn erwischt! Er ist hier! Der Weihnachtsmann ist hier bei mir, in meinem Wohnzimmer."

Das könnte sein. Er macht sicher schon alles fertig für Heilig Abend.

„Oh, das muss ich sehen", ruft der kleine König und flitzt zum Fenster. Vielleicht kann er von außen einen Blick erhaschen.

Hab doch Geduld, kleiner König.

„Ach, lass mich doch in Ruhe – ich will alles wissen. Ganz genau."

Der kleine König schiebt vorsichtig die Nase ans Fensterbrett. Höher. Noch höher. Ratsch. Der Rollladen geht runter.

Tja, es soll wohl eine Überraschung bleiben.

Jetzt ist der kleine König beleidigt. „So nicht, lieber Weihnachtsmann! Ich lasse mich nicht aussperren." Er rennt davon und verschwindet im Geräteschuppen.

Was hast du jetzt schon wieder vor? Beruhige dich doch, die Zeit bis zur Bescherung wird schon noch vergehen.

Der kleine König antwortet nicht. Statt dessen kommt er mit einer riesigen Leiter aus dem Schuppen. Die schleppt er durch den Schnee und lehnt sie an die Schlosswand.

Hör jetzt sofort auf damit.

Er klettert aufs Dach und stellt sich vor den Schornstein. Eine Angelrute hat er auch dabei. „Ich werd mir jetzt ein paar Weihnachtskekse angeln. In meinem Schloss mache ich, was ich will." Und er lässt die Angelschnur zum Schornstein hinunter. Dann dreht er die Kurbel in die andere Richtung und zieht die Schnur wieder zurück. „Hurra! Ein Zimtstern, mhm, die mag ich besonders. Das mach ich gleich nochmal." Der kleine König angelt sich noch mehr Weihnachtskekse.

„Oh, ein Vanillehörnchen. Schmatz. Köstlich. Hier ist wirklich ein lauschiges Plätzchen. Ein Plätzchen mit lauter Plätzchen, hihihi."

Der kleine König kichert ausgelassen und hopst in die Luft.

Das ist überhaupt nicht komisch, kleiner König. Und hüpf nicht so herum, pass lieber auf. Vorsicht! O nein. Er rutscht hinunter – ich kann nicht hinsehen.

Der kleine König rutscht vom Dach, plumpst in einen Schneehaufen und eine kleine Dachlawine rutscht gleich hinterher. Und dann ist nichts mehr von ihm zu sehen.

Wo bist du, kleiner König. Lebst du noch? Bitte gib doch Antwort!

Aber niemand antwortet. Vor dem Schloss steht nur ein Schneemann.

Hallo, Schneemann! Weißt du, wo der kleine König ist?

„Eingebuddelt", sagt der Schneemann und ruft: „Hilf mir, Grete". Da kommt das Lieblingspferd des kleinen Königs ja schon. Es beschnuppert den Schneemann. Und schubst ihn um. „Wieher."

Na so was, im Schneemann steckt der kleine König!

Grete, er klappert schon mit den Zähnen. Er friert da draußen im Schnee.

„Ja, sehr kakalt ... bibber."

Grete packt den kleinen König am Hosenzipfel und trägt ihn in den Stall. Sie bettet den Freund vorsichtig in die Futterkrippe. Dann deckt sie ihn mit Stroh zu. „Ach, Grete, wie lieb du bist", seufzt der kleine König zufrieden.

Sieh mal, da kommt noch einer. Buschel hat dir eine Nuss mitgebracht.

„Die schmeckt gut."

Und Wuffi schenkt dir seinen Lieblingsknochen.

Der kleine König macht runde Augen. „Na ja. Vielleicht später, für die Suppe."

Die Katze hat eine Decke für dich und Pieps singt dir ein Lied vor.

„Das ist nett, so weihnachtlich."

Es sieht wirklich schön aus, wie

auf einem Weihnachtsbild: Stroh in der Krippe, Ochs und Esel sind dabei ...

„Wie bitte?" Der kleine König und Grete machen empörte Gesichter.

Ähm, nein: König und Pferd dabei. Frierst du immer noch?

„Ist schon besser, warm und schön kratzig."

Klingelingelinnngg! Grete und der kleine König recken die Hälse. *Das Weihnachtsglöckchen ruft zur Bescherung. Klingeling.*

Mit einem großen Hopser springt der kleine König aus der Krippe.

„Oh, endlich, jetzt geht's los."

Nicht so wild, kleiner König.

Er rast hinein ins Schloss und schon steht er vor dem Baum. Wie schön er ist. Noch schöner als im letzten Jahr. Alle Kerzen brennen, das Lametta glitzert und kleine Figürchen aus Holz und süße Kringel hängen an den Ästen.

„Und da sind auch die Geschenke."

Auch ein Teller mit Plätzchen steht auf dem gedeckten Tisch. Hm, wie gut der Weihnachtsbraten duftet.

Der kleine König steckt sich ein Plätzchen in den Mund und öffnet sein erstes Geschenkpaket. „Ich bin ja so aufgeregt. Was da wohl drin ist? Oh, ein neues Schachspiel."

Du, da klopft es. Sieh mal, wer da vor dem Fenster steht. Deine Freunde aus dem Stall. Die sind auch neugierig.

Der kleine König packt noch ein Geschenk aus, hört gar nicht hin. „Ach, lass mich doch mal in Ruhe, ich muss auspacken."

Was ist denn drin im Paket – nanu: ein Taschentuch, mit einem Knoten drin!

„Das ist ja gar kein richtiges Geschenk! Hab ich schon wieder was vergessen?"

Aber ja. Du wolltest doch eine Tür öffnen! Die wichtigste Tür zu Weihnachten. Du weißt schon.

Der kleine König lacht. „Na klar, ein König weiß immer alles." Und er läuft zur Haustür und reißt sie auf. Alle Tiere stehen davor und schauen ihn erwartungsvoll an. Kurz darauf sitzen sie alle zusammen unter dem Baum.

„Probier mal das mit dem Zuckerguss."

„Wieher." – „Miauuuu." – „Klar darfst du vom Baum abbeißen." Alle lachen, freuen sich und teilen sich die Plätzchen und den Braten.

Na, dann fröhliche Weihnachten euch allen.

TEDDY SCHNUPFT

Ein neuer Tag beginnt, der Wecker rasselt. Zeit für den kleinen König aufzustehen. Er reckt und streckt sich kräftig, gähnt einen kleinen, dann einen großen Gähner und hüpft aus dem Bett.
„Uaa, schnell aufstehn!", ruft er fröhlich.
„ Damit ich gleich was Schönes spielen kann. Grete, ich komme!" Und schon flitzt er aus dem Schlafzimmer.

Du, kleiner König, komm doch bitte noch einmal zurück.

„Ja, was ist denn?"

Du hattest dir gestern vorgenommen dein Schlafzimmer aufzuräumen.

Der kleine König reißt entsetzt die Augen auf und stottert: „Ach ja, hatte ich mir das gestern ...?

Mit Betten machen könntest du zum Beispiel anfangen.

„Heute ... ähm, ich meine JETZT? Nein, das geht nicht ..."

Der kleine König schaut auf sein verwursteltes Bett, in dem Teddy immer noch auf dem Kopfkissen liegt. Den zieht er jetzt zu sich und legt ihm die Hand auf den Kopf.

„Also, ähm, denk mal, der arme Teddy – Hatschi – hat einen ganz bösen Schnupfen."

Nachdem der kleine König dem Teddy noch ein paarmal beim Niesen geholfen hat, machen sie es sich im Ohrensessel gemütlich.

Das kommt so plötzlich – Schnupfen bei diesem schönen Wetter ...

„Ja! Und, tz tz, er hat eine ganz heiße Stirn!"

Auf dem Tisch steht ein Glas frischer Orangensaft. Der kleine König hält es dem Teddy unter die Nase.

„Und er trinkt nicht mal seinen Saft", stellt er besorgt fest und leert das Glas nun selbst. „Komm, Teddy, ich muss dich irgendwie abkühlen."

Ein wenig später sitzt der kleine König mit Teddy auf dem Schoß draußen auf der Schaukel. Hinter ihnen steht Grete und schubst an.

„Jipiii – Schaukeln ist gute Medizin – Hatschi. Schubs fester, Grete.

So fühlt sich der arme Teddy gleich wieder wohl."

Anschließend klettern Teddy und der kleine König auf die Rutsche und sausen zusammen hinunter. Dann laufen sie zur Kletterseite zurück um das Spiel zu wiederholen. Zwischendrin muss der Teddy immer mal wieder niesen.

„Weißt du, Teddy, der kleine König hat nicht den ganzen Tag Zeit für dich", mahnt der kleine König und rutscht mit ihm gleich nochmal. „Der kleine König möchte noch Ordnung machen im Schloss – huiiiiii. Aber erst, wenn du wieder ganz gesund bist. Willst du noch mal rutschen? Hatschi. Also gut. Und huiii ..."

Jetzt sitzen die beiden am Ende der Rutschbahn und verschnaufen ein wenig.

Du, kleiner König ...

„Ja?"

Wenn es dem Teddy schon besser geht, dann könntest du jetzt eigentlich ...

Flink unterbricht der kleine König diese Aufforderung. „Ja, es geht dem Teddy besser. Aber nicht gut! Er muss sich jetzt ausruhen." Der kleine König geht mit seinem verschnupften Freund zurück ins Schloss. Sie kommen am Schlafzimmerfenster vorbei und schauen von außen hinein. Da drin sieht tatsächlich alles ein bisschen durcheinandergewirbelt aus.

Und du könntest in der Zwischenzeit, wenn Teddy sich ausruht, dein Bett machen.

„Ich? Das Bett? Machen?"

Kopfschüttelnd bettet der kleine König sein Bärchen auf das Kopfkissen. "Aber da muss doch jetzt der Teddy drin schlafen."

Ach so.

„So, schön zudecken, Teddylein und bald bist du wieder ganz gesund." Auf Zehenspitzen geht der kleine König aus dem Zimmer und plumpst dann mit einem kräftigen Seufzer wieder in den großen Sessel.

„Puh, endlich. Er schläft."

Na fein. Dann kannst du ja jetzt aufräumen.

Das wehrt der kleine König empört ab. „Unmöglich. Ich bin zu geschafft. Und außerdem würde ich dann den Teddy aufwecken."

Ja, aber. ...

„PSCHSCHTTT", macht er und hält den Finger vor die gespitzten Lippen.

Schon gut.

Und dann hängt der kleine König im Sessel und trommelt unruhig mit den Fingern. „Hörst du was?"

Nein.

„Teddy wacht auf." Schon steht der kleine König vor dem Bett und legt die Hand auf Teddys Stirn.

Und – noch heiß?

„Nein. Er ist wieder ganz gesund!", ruft der kleine König.

Mit einem Ruck reißt er seinen Teddybär aus dem Bett und singt ausgelassen: „Jupidupidupsi – gesund und hipsi hupsi –"

Dabei führen sie einen wilden Tanz auf. Teddy muss wirklich ganz gesund sein, er kann sogar wieder Saltos machen.

Das ist schön, kleiner König. Dann ist endlich dein Bett an der Reihe.

„Nein, das geht ja wirklich immer noch nicht. Ich kann das Bett jetzt nicht machen", sagt der kleine König bedauernd und hört mit dem Tanzen auf.

Er geht mit dem Teddy ins Schlafzimmer, beide hüpfen ins Bett und decken sich zu.

„Jahaaa, der Teddy ist gesund. Aber ..."

Aber?

„Aber er hat mich mit seinem Schnupfen angesteckt! Hatschi!" Der kleine König lässt sich jetzt vom Teddy die Stirn fühlen.

Wie bitte? Du hast Schnupfen? Und auch noch den fiesen Teddybären-Schnupfen? Das ist wirklich Pech, kleiner König!

„Ja, genau. Und heiß bin ich auch. Und deshalb muss der Teddy mich jetzt unbedingt abkühlen."

Das macht Teddy gerne. Schon sitzen beide wieder draußen auf der Schaukel. Diesmal hilft Teddy der Grete beim Anschubsen. Die beiden geben sich große Mühe, damit der kleine König bald wieder ganz gesund wird.

„Teddy und Grete, schubst fester, ich brauche kühlen Wind. Ja, so ist´s gut. Ah, ich fühl mich schon viel besser – Hatschi! Hihihihi."